AF390362

« Il faut que le " Lotus alba "
« soit un bijou littéraire, la perle
« fine entre les perles, sertie dans
« l'or vierge et parée des diamants
« que l'art lui prodiguera. »

E. G.

(Le Carillon illustré
du 15 septembre 1897)

A M DAVID PRAIN

au

SAVANT NATURALISTE

du *Royal Botanic Garden* de Shibpur
à Calcutta

*Je dédie ces " Lotus Alba "
en souvenir de ceux qu'il a cueillis
pour moi sur les eaux
du Gange sacré.*

E. G.

Bérénice de Judée

J. SOLDANELLE

Rose de Judée

Illustrations de A. Calbet et L. Marold

PARIS

LIBRAIRIE BOREL

21, Quai Malaquais, 21

M DCCC XCVIII

A mes amis

BORY D'ARNEX

J. S.

Bérénice de Judée

Préface

L'histoire de votre reine
Bérénice m'a profondément
ému, mon cher Soldanelle.
Elle est tendre, elle est
douce à travers sa cruauté.

et qui pourrait s'empêcher
de chérir ce magnanime
Lucius Flavius, si beau
d'énergie et d'amour? Votre
Bérénice est plus dure. On
la détesterait si elle était mo-
derne. Mais elles sont rare-
ment exorables, les grandes
amoureuses de l'antiquité.
Plutôt ont-elles un air de
férocité qui n'est point pour
nous attendrir.

Esther ou Cléopâtre, Ta-
bubu ou Clytemnestre, Sa-
lomé ou Dalila, et même
celles qui ont moins le
goût du sang, Hélène,
Phèdre, ne sont point des
personnes pitoyables. Que
si par hasard l'héroïne est

touchante, c'est qu'elle est
née pour être la proie d'un
destin cruel : le fer du
sacrifice ou la violence d'un
brutal a vite fait de tran-
cher ses jours. Celles qui
sont vraiment aimées de-
viennent implacables. Il
faut mourir pour elles ou
leur donner la vie des
autres — à moins qu'elles
ne profitent du sommeil
de leurs amants pour les
décapiter.

Et leur puissance étonne
— car enfin, socialement,
elles n'ont guère de droits
— elle sont esclaves, ou
peu s'en faut. La légende
et l'histoire montrent éga-

lement que ces créatures
« aux cheveux longs et aux
idées courtes », comme dit
le Pessimiste, ont de tout
temps forgé des armes assez
terribles pour ébranler les
peuples. Les vaisseaux noirs
des Achéens sont les mo-
dèles barbares des trirèmes
d'Actium ; Esther est sœur
d'Agrippine.

Si l'on regarde ce bizarre
recueil de légendes barbares
que son réalisme rend éter-
nel, la Bible, on y peut
apercevoir le modèle en
raccourci de toute l'histoire
et de toute la légende féminine d'Égypte, d'Assyrie,
de la Grèce même. Et c'est

une âpre leçon que celle
qui va de Thamar à Jahel,
de Saraï à Dalila, de la
vieille Bethsabée à Jézabel
ou Hathalie, de Judith à la
petite danseuse du roi Hé-
rode.

La femme y apparait sin-
gulièrement forte, et prodi-
gieusement sanguinaire. Et
vous avez raison de la
montrer sous ce jour dans
vos récits antiques. Mais
je ne voudrais pas con-
clure que l'homme valait
mieux. Il était pire. La
légende féminine est un
souffle d'enfant à côté de
la farouche histoire des
mâles. Et j'aimerais vous

voir écrire pour votre Reine
Bérénice, un pendant où
vous montreriez la cruauté
froide d'un roi amoureux
comme elle et jetant au
bourreau ses victimes. La
vertu même de l'homme
antique n'avait-elle pas une
beauté effroyable? Mieux
que ses vices elle montre
sa férocité. Quelle reine
aurait sacrifié son fils,
comme Brutus, ou comme
ce roi d'Assyrie qui fit im-
moler sa fille? Je ne résiste
pas au plaisir de trans-
crire, avec la permission de
l'auteur, la paraphrase de
cette dernière légende. Elle
fera contraste, par sa ru-

desse, avec l'élégance de
votre récit :

« Alors la terre tremblait
devant le roi des rois, Assur-
nazir-pal. La gloire de la
mer et de la montagne
était sur lui ; les esprits
de l'abîme entendaient son
commandement. Or, les
rois de l'Occident se le-
vèrent devant sa face : il
les courba ainsi que des
saules sur les marécages.
Les rois de l'Orient vinrent
avec le soleil ; il les attela
parmi ses cavales.

« Puis il advint qu'un

chef de Chaldée assembla des hommes contre l'Etendard du monde et prit, par embûche, la ville de brique et de bitume, aux belles murailles défendues par des portes d'airain.

« Les rois de Shyr et les nomades du sable s'assemblèrent au bruit de ses trompes. Et il marchait avec dix armées, dont les pas faisaient tressaillir les collines et reculer le firmament.

« Mais le roi des rois cria vers ses hommes de guerre.

Ils vinrent parmi les fleuves
comme des roseaux innom-
brables et sortirent des
forêts ainsi que des lions.
Ils étaient chargés de haine
et rugissants de courage;
ils marchèrent au son de
la trompette pour la ruine
et pour la vengeance. Les
hommes de Chaldée, les
rois de Shyr et les no-
mades du sable s'écrou-
lèrent comme des citernes
ruinées; ils remplirent la
Mésopotamie de leur épou-
vante. Il en mourut vingt
mille, dont les mains furent
entassées devant le roi des
rois, avec les armes d'airain,
les vases d'or, les pierres

étincelantes. On trancha
par quartiers le Chef des
Chaldéens ; les rois de
Shyr, aux yeux crevés,
furent liés aux chariots de
Ninive.

« Et le roi pensait en son
cœur : « Voici que mon
bonheur s'élève en sa plé-
nitude. J'ai mis une borne
à la montagne et un obstacle
à la mer. Les hommes se
lèvent, mais leur force
est impuissante contre ma
force ; j'ai dissipé les nations comme des brebis :
leurs rébellions sont sem-
blables à la colère de
l'insecte contre la four-
naise ».

« Or, il se croyait inaccessible au mal.

« Le roi ne revit Ninive qu'après deux printemps. Comme il pénétrait dans son gynécée, il aperçut une jeune fille si belle que les déesses seules pouvaient lui être comparées. Elle était vêtue d'or fin et de byssus venu de Thèbes. A sa vue, Assur-nazir-pal oublia ses victoires et demeura confondu de joie :

— Quelle est celle-ci que les dieux firent croître pour mon désir ?

— C'est ta fille, roi semblable aux dieux, répon-
dirent les serviteurs. Tu
l'avais laissée petite, et
voici qu'elle a grandi
comme un acacia.

« Alors, le roi tomba dans
le désespoir, car il était
pieux et suivait les pré-
ceptes. Et, dans ce temps,
les dieux d'Assur tenaient
pour le plus grand des
crimes le commerce du
père avec la fille.

« Le roi fit réciter des
prières dans tous les tem-

ples, afin qu'il pût guérir de son mal. Mais il ne cessait de penser à la beauté de sa fille. Son cœur était plein de poison, il parcourait les ténèbres avec des soupirs de volupté; il voyait le monde paré de la robe d'or et de byssus. Ses yeux s'enfoncèrent dans son visage maigre, comme des étoiles dans un puits; il était vêtu d'inquiétude et lié de chagrin. Et il pensait :

— Les peuples me célébraient; j'étais pareil à une tour parmi des cabanes; mon regard était la fécondation du Pays d'Assur, ma parole semblable à la pluie du printemps; et toutes les nations se cabraient d'épouvante au retentissement de mes troupes de guerre... Et voici que je suis plus misérable que la sauterelle saisie par le passereau, plus triste que le léopard accablé de flèches... et plein de sécheresse, comme les champs où les fontaines sont taries!

« Cependant sa peine devenait insupportable; il sentit qu'il ne pourrait s'empêcher de transgresser

les ordonnances d'Assur, si
sa fille demeurait vivante
sur la terre. Alors il assembla les prêtres et les chefs
de guerre et leur dit :

— Voici que je suis
frappé d'un mal étrange,
que les dieux réprouvent.
Mon cœur s'est ému d'un
désir sans bornes; je suis
devenu sans force par la
beauté de ma fille... Or, il
ne convient pas que Votre
Seigneur fasse ce qui est
interdit dans tous ses
royaumes. C'est pourquoi
je n'aurai de repos qu'en
sacrifiant ma fille, comme
on fauche une plante de
perdition; j'ordonne qu'on

la mène à l'homme du
glaive et qu'on lui tranche
la tête devant notre assemblée.

« Or, la fille du roi vint
parmi les prêtres et les
chefs de guerre. Et sa
beauté avait encore grandi,
tel le jour qui sort des
nuées. Elle brillait ainsi
que l'airain coulé dans la
fournaise et poli par les
artisans du feu. Elle était
environnée de sa chevelure,
à travers laquelle resplen-
dissait son visage : elle

s'avançait plus douce que les jeunes agneaux sur le bord des étangs.

« Assur-nazir-pal alla vers elle et la prit contre son cœur. Il se sentit mourant auprès de ses cheveux de flamme, de ses yeux aussi clairs que la source du rocher. Mais il la remit lui-même aux mains de celui qui tenait le glaive de justice et ordonna de couper la fleur humaine.

« Tandis que la tête roulait à ses pieds, le roi des rois avait le visage baigné de larmes, et les chefs de guerre disaient aux prêtres :

— En vérité, Notre Seigneur est plus grand encore par la piété et la justice que par la force de son bras ! »

A. DARVILLE.

Bérénice de Judée

Le bon Suétone nous
apprend que Titus, sur-
nommé plus tard les dé-
lices du Genre Humain,
fut d'abord un assez mé-

chant garçon. Il menaçait
d'être un professionnel im-
périal à la mode des Tibère,
des Néron, des Vitellius.
Il était cruel, voluptueux
et gourmand. Il faisait venir
des curiosités de bouche des
extrémités du monde habi-
table, des gouffres de toutes
les mers d'Asie, de Libye
et de l'océan des Atlantes.
Il s'entourait de beaux
eunuques, d'esclaves exper-
tes en luxures, d'éphèbes
aux formes harmonieuses,
et de danseuses adroites à
mimer les délices variées
de l'hymen et à réveiller
les sens abrutis par la
liqueur de Dionysos. Il

aimait faire périr ses enne-
mis, ou ceux qu'il estimait
tels, ou simplement les
gens qui lui étaient dés-
agréables.

Et il semblait destiné
à recommencer ces fêtes
exquises où des hommes
vêtus de peaux de léo-
pards et de sangliers
étaient livrés aux grands
chiens de Thessalie, à la
lueur de condamnés enduits
de bitume et de naphte, et
transformés en torches hur-
lantes.

Cette conception violente
suffit d'abord à Titus —

surtout dans le temps qu'il
n'était encore que le lieu
tenant de son père. Mais
l'histoire nous apprend, va-
guement, qu'il entrevit
enfin qu'il ne serait pas
très heureux à vomir aux
accents des victimes et à
redouter sans cesse le cou-
teau des assassins. Il pré-
féra des satisfactions plus
tranquilles.

11

Un soir, Titus et ses
compagnons étaient plon
gés dans la débauche. Ils
avaient mangé de tout ce
que produisent les archi-

pels, les sables libyens, les
forêts celtiques. Des fleurs
ardentes et des parfums
rares déguisaient l'odeur
humaine de la fête; les
belles esclaves ne pou-
vaient plus animer des
convives las de vins et de
caresses. Mais on continuait
à manger des foies de mus-
telles et de scares, des
laitances de murènes, des
mulles expirés dans le
garum, des langues de
rossignols, des saumures
mêlées de neige et tous les
fruits enchantés de Sicile,
d'Ibérie et de Carthage.

Or, Bérénice de Judée

était lasse. Elle se tenait
appuyée sur des plumes de
cygne et d'autruche, et de-
puis longtemps ne touchait
plus aux boissons ni aux
mets posés sur la table de
citre, incrustée d'écailles de
tortue, de lames d'argent
et d'ivoire de Mauritanie.

On sait que Bérénice ser-
vait aux plaisirs de Titus.
Cette princesse exerçait un
profond empire sur le jeune
Auguste, et l'on s'attendait
à ce qu'il en fît son épouse.
Elle possédait le secret des
voluptés orientales, un corps

construit à miracle pour les attitudes et les danses, des yeux longs et souples, qui pouvaient peindre tous les sentiments, et cette bouche admirable qui avait asservi César à Cléopâtre.

Elle écoutait distraitement trois esclaves qui imitaient la voix des rossignols, à l'aide de roseaux humides.

Ces voix de nature la transportaient aux jardins de son pays, aux coteaux d'oliviers, de vignes et de térébinthes, près des col-

lines aromatiques et des
sources jaillies du rocher.
Elle revoyait les ciels implacables, les crépuscules
rapides et les sèches mon-
tagnes profilées sur l'ho-
rizon resplendissant.

Elle connaissait que la
vie est triste, aride et
solitaire. Au fond de sa
mémoire reparaissaient ces
heures brèves où l'on a eu
l'illusion des choses. Elles
sont presque tout entières
dans l'enfance — et leur
souvenir est obscur comme
la joie même qu'elles ont
donnée.

Et Bérénice entendait le
frémissement d'un rêve, qui

ne devait se réaliser jamais
et qui tenait dans trois
versets du Cantique de
Schelomo.

Ses pupilles profondes
regardaient devant elle ; un
sourire confus errait sur
son visage semé de poudre
rose ; ses lèvres étaient
cruelles et douces, étincelantes et tendres. Elle por-
tait un grand vêtement de
soie d'argent, qui s'ouvrait
et se refermait sur son
corps aux flexions désira-
bles, et que parsemaient
des pierres émeraudes et

des sardoines onyx. Elle
demeurait immobile, exas-
pérée d'être parmi ces hommes ivres et de sentir sa
beauté inutile.

Et il lui arriva de dire
à voix haute, dans la langue
de son pays :

— Quel est celui qui
voudrait mourir pour un
baiser de la reine Béré-
nice, comme on dit qu'*ils*
moururent pour Cléopâtre
d'Égypte ?

A ces mots, Lucius Fla-
vius, personnage consulaire,
leva la tête. Tout son corps
eut un tremblement, comme
lorsque passe un grand froid.
Il avait seul l'esprit et l'es-

tomac libres dans l'assemblée, et il s'enchantait à l'image de Bérénice. Mais, comme il était à moitié caché par des tentures, la reine ne l'avait point aperçu.

III

C'était dans la nuit.

Bérénice faisait tomber ses voiles et sa chevelure à la lueur de petites lampes de Syrie, dont la flamme était claire et douce. Elle regardait son double dans un miroir d'argent, avec la tristesse de sa beauté vaine. Car Titus dormait comme un bœuf, et la fille des rois de Juda avait un cœur orgueilleux. Elle dédaignait les caresses ancillaires; elle ne pouvait se compromettre avec des hommes de son entourage.

Elle fit enlever par ses esclaves la poudre de son visage et de ses paupières — elle se lava dans une eau parfumée de jasmin. —

elle fut plus belle encore que lorsqu'elle était parée, avec son corps frais dans une tunique de lin et la nuit ruisselante de ses cheveux. Et elle renvoya ses esclaves.

Alors, étendue sur une toison d'ours noir, elle passa ses mains par son corps et s'assura qu'elle était parfaite. Puis, elle dit encore à elle-même :

— Quel est celui qui voudrait mourir pour un baiser de la reine Bérénice ?

Alors, une tenture de toile s'écarta ; il parut une tête brune et pleine d'énergie :

— Lucius Flavius veut
mourir pour un baiser de
la reine Bérénice.

La jeune femme s'était
dressée dans l'épouvante.
Mais elle fut tout de suite
rassurée. Et elle regardait
avec ravissement cet homme
qui la rendait pareille à
Cléopâtre.

— Est-il possible, dit-elle,
que vous vouliez donner
votre jeunesse, qui est belle,
et vos espérances, qui sont
grandes, pour un baiser de
ma bouche ?

Lucius répondit :

— Je vous mets au-dessus
de la jeunesse et de l'espérance. J'ai senti mille fois

le souffle de la mort, dans
les batailles, et j'ai appris
qu'elle est toujours proche.
N'est il pas préférable que
je choisisse mon heure? Je
n'en trouverai pas de plus
belle.

Ses yeux de feu péné-
traient Bérénice. La douce
lumière des lampes syrien-
nes montrait toutes les
harmonies de la jeune
Orientale — ce corps mi-
jaillissant de la tunique
éblouissante, où chaque
muscle semblait créé pour
une volupté spéciale, ce
visage où se mêlait, dans
un rythme étrange, la tendresse ingénue, la curiosité

insatiable et l'instinct dur des filles du Soleil.

Lucius était né pour chérir cette sorte de beauté, plus ancienne et plus profonde que la beauté latine, grecque ou gauloise. Et il en connaissait tout l'enchantement, pour avoir vécu dans la Babylonie et la Bactriane.

Les yeux de la reine ne se détournaient point de ceux de Lucius. Elle goûtait cette flamme dévorante, cet amour fort comme les parfums de son pays. Et déjà se répandait en elle tout le désir de cet homme :

— Lucius, reprit elle, il

est temps encore pour te
repentir de tes paroles. Nul
ne t'a vu venir dans cette
chambre. Si tu ne veux pas
mourir, retire toi.

Son sein palpitait en pro-
nonçant ces paroles, telle-
ment elle avait peur que
le Romain lui enlevât son
rêve.

Mais il répondit, fa-
rouche :

— Ce n'est point mes
paroles ni la vie que je
regretterais, mais seule-
ment ton baiser, Reine
Bérénice.

Elle lui sourit avec une
tendresse joyeuse :

— C'est qu'en vérité,

Lucius, tu ne pourras plus vivre. Il ne convient pas qu'un homme puisse emporter un tel secret.

Il haussa doucement les épaules.

Elle sentit une volonté profonde comme l'abime et l'amour de cent siècles résumé dans un seul homme. Elle regardait Flavius avec une sorte de vénération et presque d'humilité. Mais, elle n'oubliait pas son vœu.

Elle alla doucement fermer la serrure de la porte. Puis, elle vint souriante appuyer ses mains sur les épaules de l'homme.

Et Lucius défaillait à la douceur de cette gorge fraîche, à l'approche de cette bouche terrible.

Elle dit à voix basse :

— Tu auras plus que le baiser de la Reine Bérénice. Ton âme est entrée dans moi. Elle m'a donné le mal de ton amour.

Leurs bouches se rencontrèrent. Lucius se sentait déjà évanouir dans la mort voluptueuse. Un voile était sur ses yeux, il voyait à peine le lit drapé de pourpre de Gétulie.

Et Bérénice l'entraînait
comme la lionne entraîne
le lion.

IV

Quoique ce fût déjà le jour, dans la chambre obscure il n'y avait d'autre clarté que celle des lampes. La reine de Judée contemplait passionnément le visage de Lucius Flavius endormi. En quelques heures, cette tête lui était devenue plus chère que toute personne vivante. Il lui semblait dur de la vouer au trépas. Mais son âme orientale, nourrie de principes séculaires, n'imaginait point que Lucius pût vivre encore. Elle avait aussi au fond d'elle, l'exemple de Cléopâtre, comme un soldat héroïque l'histoire des Mucius Scevola, des Déjanire ou des Léonidas.

Et l'aventure paraissait sans issue.

Elle éveilla doucement
Lucius.

Il porta vers elle un sourire de gratitude et de
joie :

— Ah ! murmurait-il, il
est donc vrai que j'ai vu
s'exaucer mon vœu ! Sois
bénie, reine de Judée.

Elle prit le visage brun
du Consulaire contre elle
et le couvrit de baisers :

— Je t'aime, Lucius ! Je
ne pourrai pas oublier cette
nuit incomparable — je
pleurerai ta mort éternelle-
ment !

Il répondit par des ca-
resses ardentes, puis il

régna un grand silence. On sentait le matin s'élever au dehors. Tous deux comprirent que l'heure avait sonné; et Lucius dit avec insouciance :

— Je suis prêt !

Alors, Bérénice rouvrit lentement la porte, tandis que le Romain s'habillait à la hâte. Et elle appela ses esclaves :

— A l'aide.. Daoud... Abija... Mical !

Les femmes et les eunuques accoururent. L'Orientale se mit à dire d'une voix claire :

— Cet homme a pénétré
dans ma chambre. Il ne
convient pas qu'il revoie
la lumière du jour.

Les esclaves s'emparèrent
de Flavius et lui lièrent
les bras. Puis, ils le traî-
nèrent vers les apparte-
ments de Titus.

Ce prince, ayant bien
dormi, se trouvait d'hu-
meur débonnaire. Il fit
comparaître Bérénice, il
écouta les circonstances de
l'aventure. Il sut que la
Reine avait trouvé Flavius
caché dans sa chambre.

Et Flavius avoua. Il
dit simplement qu'il s'était
d'abord dissimulé dans l'a-

trium et que, vers l'aube,
comptant sur le sommeil
des esclaves, il était entré
dans la chambre à coucher
de la reine.

Cette histoire intéressa
Titus, puisqu'aussi bien
elle ne pouvait exciter sa
jalousie. Il réfléchissait que
Lucius Flavius avait suivi
fidèlement Vespasien et que
lui même n'avait qu'à se
louer de ses services. Il fut
pris d'une de ces crises de
clémence, qui devaient le
rendre illustre par la suite :

— Lucius, dit-il, ton crime
est grand et mérite la mort.

Mais peut-être as-tu été la victime d'un dieu cruel. Je veux te laisser une chance de réparer l'injure que tu as faite à la Reine Bérénice et à ton imperator. Tu partiras pour le pays des Cattes, qui est en révolte, tu y prendras le commandement des légions, et tu y demeureras jusqu'au jour où je croirai pouvoir te rappeler à Rome.

Cette sentence emplit le cœur du Consulaire de gratitude pour l'auguste. Il se prosterna contre le sol. Mais en se relevant, il rencontra le regard de la Reine

Ce regard était triste,
plein de dédain et de
désillusion.

A. C

Bérénice était plongée
dans un rêve mélancolique.
Les cheveux épars, mi-nue,
elle demeurait assise sur les
peaux de bêtes et sur les

étoffes de soie, et regardait,
par intervalles, la beauté
de son corps et le charme
de son visage dans le grand
miroir de Neapolis.

Les douces lampes syrien-
nes éclairaient le lit paré
d'argent, les nacres, les
pourpres et les émaux. Il
y avait peu d'images, et
nul simulacre de dieu —
car Bérénice était fidèle,
sinon aux croyances, du
moins aux répulsions de
ses ancêtres. Un peu de
myrrhe brûlait dans une
cassolette.

La reine de Judée son-

geait à la nuit dernière.
Son corps était encore
secoué de volupté, son
âme de trouble. Mais le
dégoût amer de l'espérance
perdue rendait cette volupté
odieuse et ce trouble exé-
crable. Bérénice se sentait
humiliée dans sa puissance ;
elle se disait avec désespoir:

— Quel philtre possé-
dait donc la reine Cléo-
pâtre ? Pourquoi les hommes
mouraient-ils pour elle ? Se
peut-il qu'elle ait été vraiment plus belle que moi ?

Puis, elle reprenait :

— Mais Lucius voulait
mourir, et il serait mort sans
se plaindre. Les amants de

Cléopâtre, n'auraient ils pas accepté leur grâce? Ils ne périrent que parce que la noire nécessité les y contraignit... Il en est de même que si quelqu'un avait vraiment marché au supplice pour un baiser de ma bouche.

Ces raisons ne la pouvaient satisfaire. L'aventure semblait un conte, et même, elle ne parvenait plus à croire à la volonté de Lucius.

Elle rejeta de dépit sa tunique, elle se trouva nue devant le miroir étincelant. On eut dit que tous les divins sculpteurs hellènes s'étaient concertés pour la

parfaire. Elle unissait l'élégance de l'Anadyomène
aux formes promptes et
fines des petites déesses de
l'eau et des forêts. Sa hanche
était féconde et forte, et
cependant pleine d'un mou-
vement léger; ses pieds
menus semblaient pouvoir
l'emporter aussi vite qu'un
éphèbe habile à la course.

La petitesse de sa bouche
n'enlevait pas la volupté:
la courbe si douce de ses
joues ne donnait pas à sa
grâce ce caractère trop
tendre qui écarte le désir.

Elle examina longtemps
cette belle image de femme;
ses yeux s'emplissaient

de sombre étonnement :

— Sans doute Cléopâtre avait autre chose encore.

Elle se remit à songer à Lucius. Elle revit le visage brun qui s'avançait vers elle, les yeux pleins d'un feu d'amour et de mort. Et tout de même, elle ne pouvait bannir le doute — elle murmurait d'une voix alanguie :

— Voulais-tu vraiment mourir, Lucius Flavius ?

Comme la veille, la tenture de pourpre s'écarta; le Consulaire apparut avec sa barbe courte et ses yeux

résolus. Il dit, plein de
douceur :

— Lucius Flavius vou-
lait vraiment mourir, reine
Bérénice et il n'a pas accepté
la grâce de l'Empereur.

La jeune femme sentit
une vie abondante et or-
gueilleuse emplir ses vei-
nes. Ses yeux resplen-
dirent. Elle ne pouvait se
lasser de voir Lucius de-
vant elle. Elle se concevait
égale et peut-être supé-
rieure à Cléopâtre — car
celui-ci revenait à la mort,
après avoir été sauvé.

Elle prit vivement la
tête de Lucius dans ses bras
ronds et la couvrit de cares-

ses. Elle disait les paroles du cantique :

« *J'ai cherché durant les nuits celui qu'aime mon âme !* »

Et elle ajoutait tout bas :

— Je l'ai cherché et je l'ai trouvé.

Elle s'attachait à Lucius dans un délire d'amour. Et lui, goûtait cette femme violente et magnifique. Le corps souple posé sur sa poitrine valut toutes les choses des dieux et des hommes. Il ne regrettait pas d'être venu au monde, ni d'en partir. Il sertait avoir plus vécu dans ces étreintes que plusieurs existences d'hommes.

Et il s'épuisa de baisers,
de passion, de tendresse.

L'aube revint ainsi que
le jour d'avant. Mais Flavius et Bérénice n'étaient
point endormis, comme si
l'excès des lasssitudes les
avaient rendus plus forts.

Et Lucius parla :

— Maintenant, reine Bé-
rénice, voici que l'heure
est venue. Tu ne peux plus
appeler tes esclaves — je ne
puis plus comparaître de-
vant Titus. Ce serait une
dérision. Il est dangereux
aussi de fuir. Mais la mort

....

semblera naturelle. Détourne la tête, si tu ne désires pas voir mon agonie.

Elle se jeta sur lui encore, puis, elle recula jusqu'à la muraille et se cacha les yeux.

Lucius prit un style d'acier bleu, qu'il tenait caché dans sa prétexte. Il frappa sans hésitation, car il s'était exercé, et se laissa doucement expirer sur les toisons et les pourpres.

Bérénice craignit d'abord de se retourner.

Elle avait entendu une chute sourde, un grand soupir. Puis, le silence. Et elle s'appuyait à la muraille, tremblante.

Enfin, d'un effort, elle se détacha. Elle vit Lucius étendu sur le sol. Son visage était déjà immobile ; la beauté de la mort commençait de s'y répandre.

Alors, toute crainte s'évanouit dans le cœur de la reine. Elle s'agenouilla près du corps bien aimé. Elle unit longuement ses lèvres aux lèvres encore tièdes du Consulaire.

Jamais aucune tendresse, aucune joie, ni aucune douleur n'avaient à ce point rempli son être.

Elle répétait avec un ravissement plein d'épouvante :

— Voilà que je suis enfin semblable à Cléopâtre, reine de César et de Marc Antoine.

L'heure avançait. Bérénice, les yeux pleins de larmes, donna un dernier baiser à Lucius, puis elle fit venir ses esclaves.

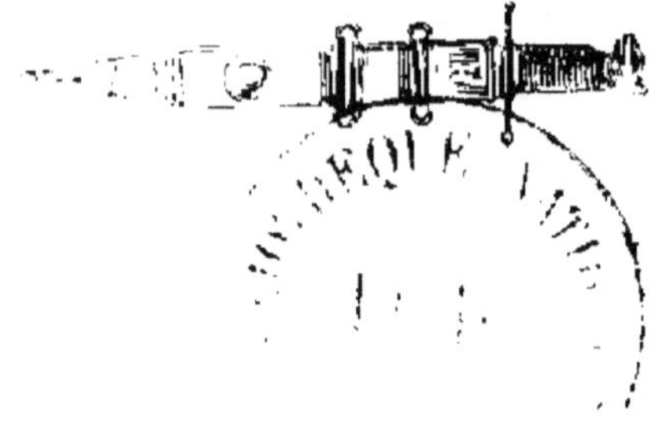

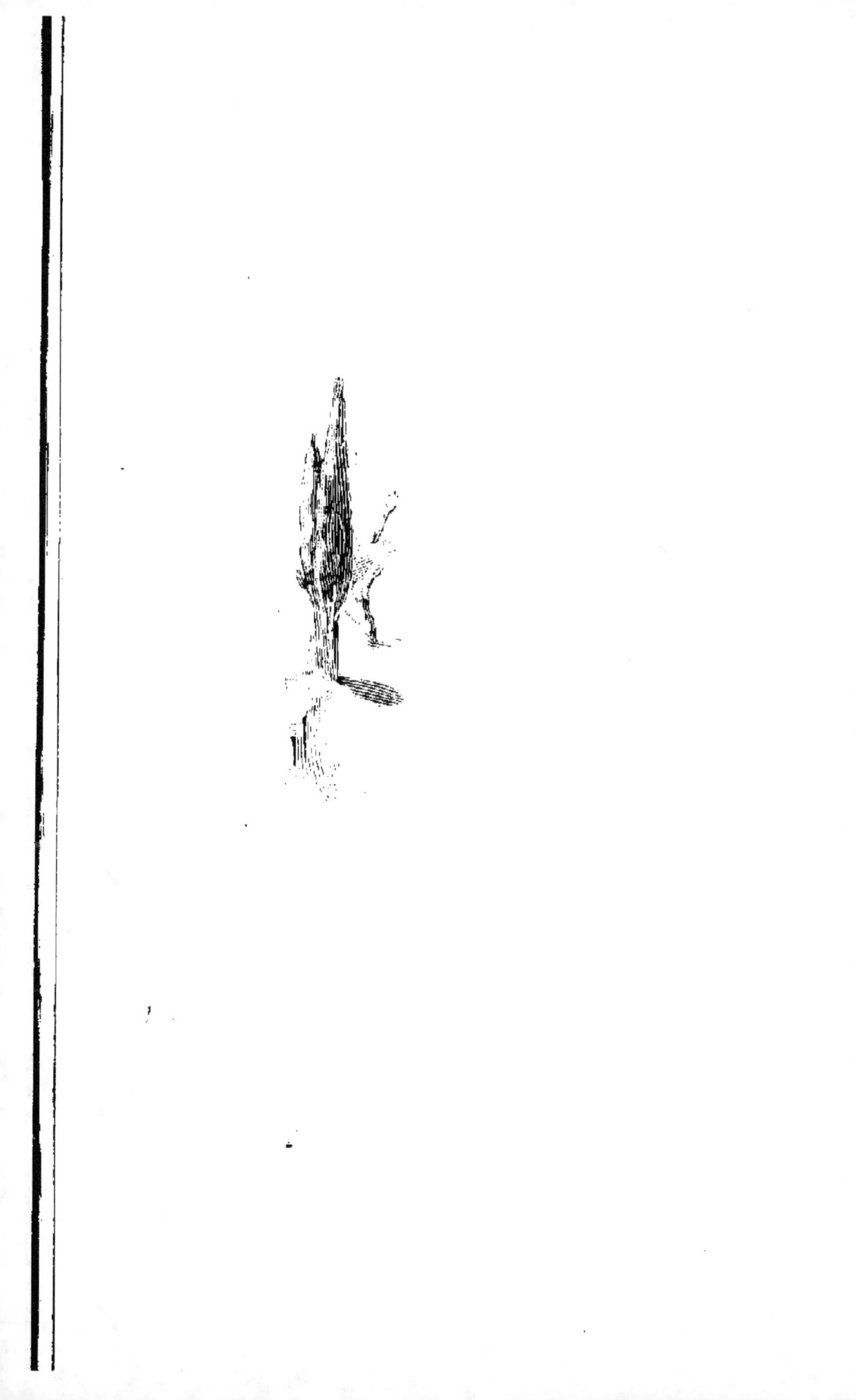

IMPRIMERIE BOREL
Paris. — 110, avenue d'Orléans.